LES TROIS MOUSQUETAIRES

d'après le roman d'Alexandre Dumas

Illustrations du studio Escletxa
Texte de Guillaume Frolet

D'Artagnan est un jeune homme fier et courageux. C'est aussi une fine lame, rapide comme l'éclair.

Depuis toujours, il n'a qu'un rêve :

Devenir mousquetaire du roi !

Arrivé à Paris, il rencontre trois de ces fameux soldats : Athos le discret, Porthos le débonnaire et Aramis, calme et refléchi. Comme D'Artagnan, ils ne craignent pas le danger et aiment se battre en duel.

Très vite, les quatre deviennent amis.
— Un pour tous, tous pour un ! s'écrient-ils en affrontant leurs rivaux, les gardes du Cardinal de Richelieu.

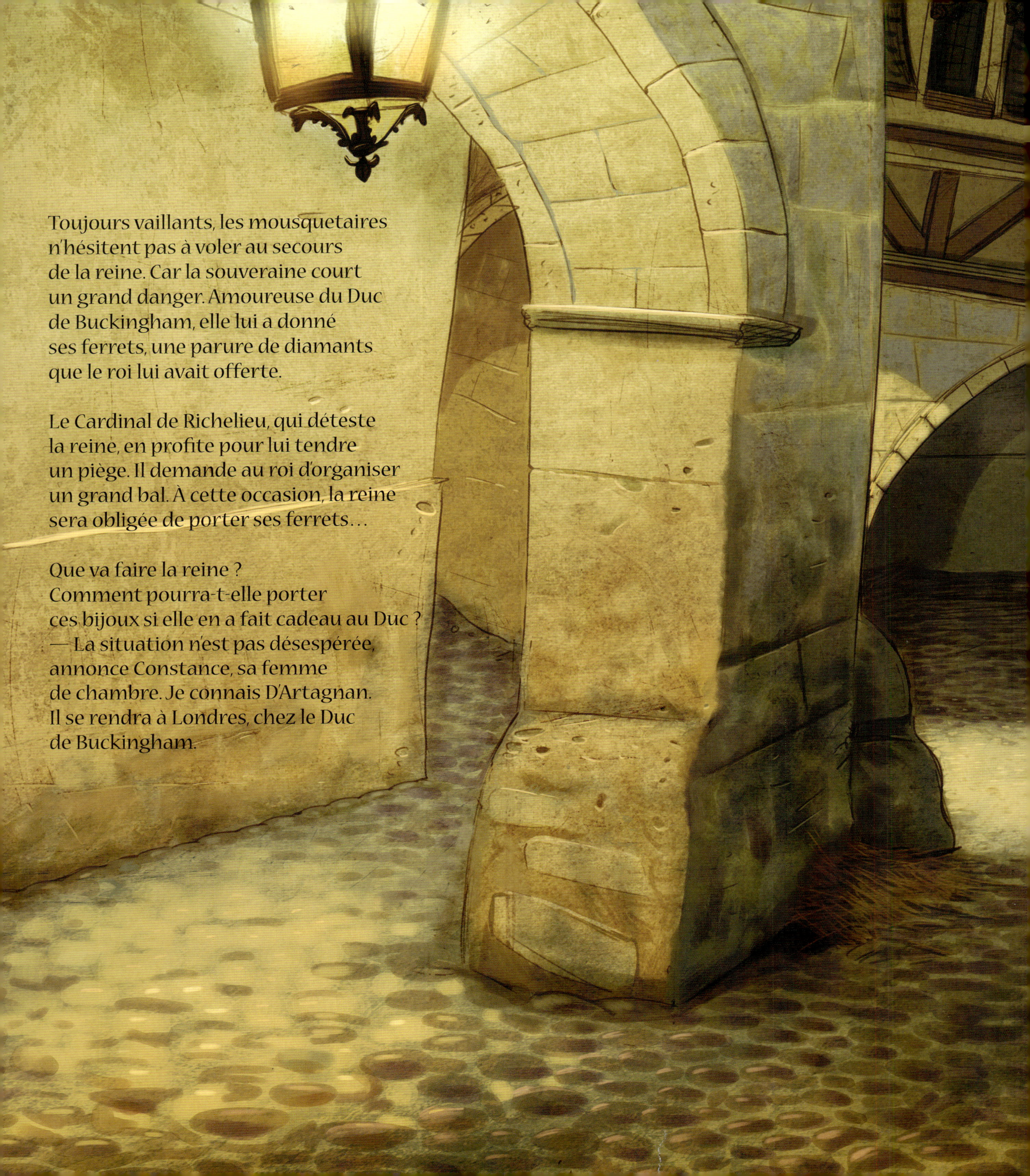

Toujours vaillants, les mousquetaires n'hésitent pas à voler au secours de la reine. Car la souveraine court un grand danger. Amoureuse du Duc de Buckingham, elle lui a donné ses ferrets, une parure de diamants que le roi lui avait offerte.

Le Cardinal de Richelieu, qui déteste la reine, en profite pour lui tendre un piège. Il demande au roi d'organiser un grand bal. À cette occasion, la reine sera obligée de porter ses ferrets…

Que va faire la reine ?
Comment pourra-t-elle porter ces bijoux si elle en a fait cadeau au Duc ?
— La situation n'est pas désespérée, annonce Constance, sa femme de chambre. Je connais D'Artagnan. Il se rendra à Londres, chez le Duc de Buckingham.

Amoureux fou de la belle Constance, D'Artagnan part ventre à terre pour l'Angleterre. Là-bas, il doit retrouver le Duc et rapporter les bijoux au plus vite.

Il revient juste à temps pour l'ouverture du bal. Mission accomplie ! La reine est sauvée et le Cardinal de Richelieu est furieux.

Récompensé pour sa bravoure, D'Artagnan est aussi comblé en amour. En effet, la belle Constance lui a donné un rendez-vous galant. Cependant, le soir même, le jeune homme apprend une terrible nouvelle : Constance a été enlevée. Où l'a-t-on emmenée ?

Peu de temps après, D'Artagnan rencontre la comtesse Milady de Winter. Dès le premier regard, il en tombe amoureux. Quel cœur d'artichaut…
Mais Milady n'est pas amoureuse de lui.
C'est une dangereuse espionne au service de Richelieu. Elle s'est jurée d'éliminer ce jeune mousquetaire, si habile à déjouer les plans du Cardinal.

Prends garde à toi, D'Artagnan !

La guerre gronde entre les Français et les Anglais.
On raconte que la flotte ennemie va débarquer sur les côtes françaises.
Devant la menace d'une invasion, le roi ordonne d'assiéger la Rochelle, base alliée des Anglais.
Bientôt, l'armée est levée et fait le voyage jusqu'aux portes de la ville.

D'Artagnan et tous les mousquetaires accompagnent le roi.

Sur la route, D'Artagnan se retrouve seul à l'avant des troupes. Soudain, des soldats l'attaquent. C'est un premier piège tendu par Milady. Mais le mousquetaire se bat comme un lion et triomphe de ses assaillants.
De retour au camp, une caisse de très bon vin attend le valeureux combattant.

Qui a bien pu envoyer un tel cadeau ?

Toujours sur ses gardes, D'Artagnan s'aperçoit que le vin est empoisonné… encore une ruse de Milady !

Dans une auberge, Athos, Porthos et Aramis entendent une conversation secrète entre Milady et le Cardinal de Richelieu :
— Votre Eminence, je vous le promets, le Duc de Buckingham sera bientôt assassiné.
— Ma chère, si vous réussissez, je vous débarrasserai de D'Artagnan…

Les trois mousquetaires comprennent que la situation est grave. Athos, Porthos et Aramis menacent Milady : il n'est pas question de toucher à un cheveu de leur ami ! Mais la Comtesse file pour l'Angleterre accomplir sa terrible mission.

Quand D'Artagnan retrouve ses amis, Athos le met en garde :
— Méfie-toi de Milady et du Cardinal de Richelieu.

Sitôt réunis, les quatre amis font le pari
de déjeuner dans un fort assiégé.

Tout en mangeant et en buvant, ils repoussent plusieurs assauts, tant et si bien que les ennemis sont décimés les uns après les autres.

Victorieux et la bedaine bien remplie, les quatre amis ont gagné leur pari !
— Quelle bravoure ! s'écrient les soldats du roi lorsque les mousquetaires reviennent au camp.
Pourtant, l'heure n'est pas au repos.
Il faut sauver le Duc de Buckingham des griffes de Milady…

De son côté, Milady est arrivée en Angleterre.
Sur ordre des mousquetaires, elle est aussitôt emprisonnée dans un château bien gardé. Pour s'en échapper, elle ne manque pas d'idées, car elle sait très bien jouer la comédie.

Elle persuade un serviteur qu'elle est innocente et qu'elle doit sortir d'ici. Ému par son sort, le serviteur l'aide à s'enfuir par la fenêtre du donjon.

Désormais, plus rien n'empêche la comtesse d'accomplir son crime. En effet, le lendemain, le Duc de Buckingham reçoit un coup de poignard mortel. Alors que le Duc succombe à sa blessure, Milady repart pour la France.

La perte du Duc est un grand malheur pour les Anglais.
Ils renoncent à faire la guerre aux Français.
En quelques jours, les troupes se retirent et rentrent en Angleterre.

Pour le roi de France, c'est la victoire. Tant mieux, car il commençait à s'ennuyer, loin de Paris et de ses fêtes…
Il ordonne à toute son armée de rentrer sur la capitale.

C'est alors que D'Artagnan apprend que Constance est saine et sauve.
Il est fou de joie !
En compagnie de ses amis, il fait route pour le couvent où la jeune femme s'est réfugiée.

Le temps presse, Milady prépare une terrible vengeance contre D'Artagnan.

Les mousquetaires s'élancent au galop.

Trop tard !

Lorsqu'ils arrivent au couvent, Constance a été empoisonnée par Milady.

Une fois de plus, la comtesse s'est échappée.
D'Artagnan jure de venger la belle Constance, qu'il a toujours aimée.

Il n'y a pas une seconde à perdre, Milady est peut-être déjà loin. Où s'est-elle cachée ?

Pendant que leurs fidèles valets battent la campagne pour retrouver la comtesse, les mousquetaires réfléchissent.

Athos a une idée. Il s'en va et revient un peu plus tard en compagnie d'un homme mystérieux. C'est un bourreau sans pitié, prêt à tout pour en finir avec Milady.

Les valets des mousquetaires sont des garçons dégourdis. Il leur faut peu de temps pour retrouver la trace de Milady.

Elle s'est réfugiée dans une petite chaumière, au bord d'une rivière. L'heure est enfin venue de punir la comtesse de tous ses crimes.

Par une nuit d'orage, les mousquetaires encerclent son repaire.
Ils surgissent dans la chaumière, l'épée à la main.
Seule et sans armes, Milady ne peut plus s'échapper.
Ça y est, elle est capturée !

Aussitôt, la comtesse est jugée pour ses méfaits.
Le procès de la dangereuse espionne dure des heures.

Enfin, à minuit, Milady est condamnée.
Le bourreau l'emmène en barque sur la rivière.
Plus personne n'entendra parler d'elle.
— Justice est faite ! s'écrient les mousquetaires.

De retour à Paris, les mousquetaires savourent leur repos.
Hélas, D'Artagnan est convoqué par le Cardinal de Richelieu.
Le jeune homme reste sur ses gardes.

Le Cardinal va-t-il encore lui tendre un piège ?

Non, Richelieu est un homme bien trop prudent.
Au lieu d'affronter un soldat aussi vaillant, il préfère le nommer…
lieutenant des mousquetaires. Car après tout, mieux vaut faire un allié d'un redoutable adversaire.

Quelle surprise ! D'Artagnan n'en revient pas.
Mais après tant d'aventures, c'est une récompense bien méritée !

Texte de Guillaume Frolet, d'après le roman
« Les trois mousquetaires » d'Alexandre Dumas
Illustrations : studio Escletxa

Direction générale : Gauthier Auzou
Direction éditoriale : July Zaglia
Maquette : Studio Auzou
Fabrication : Brigitte Trichet

Loi n° 49-956 du 16 juillet 1949 sur les publications
destinées à la jeunesse.
ISBN : 978-2-7338-1130-6
Dépôt légal : 1er trimestre 2010
Imprimé en Chine

www.auzou.com